Para David y Mary Wild
E. R. y P. R.

Para Ginny y Catherine
R. B. C.

Título original: Zoe's Tower
Primera edición:, en 1991, de Walker Books Ltd.
87 Vaux Walk, London SE11 5HJ

© Texto, Emma y Paul Rogers, 1991
© Ilustraciones, Robin Bell Corfield, 1991

© Edición en castellano, Editorial Kókinos, S. A., 1993
Plaza de Santa Bárbara, 8. 28004 Madrid.
Traducción, Esther Roehrich-Rubio
Compuesto en Monofer Fotocomposición
Impreso en Hong Kong

ISBN: 84-88342-01-2

La Torre de Zoe

Paul y Emma Rogers
Ilustraciones de Robin Bell Corfield

Traducción de Esther Roehrich-Rubio

KóKiNOS

Si salgo de mi casa
y sigo el sendero

llego
a un bello camino
cubierto de hojas.

Si sigo el camino
un poco más allá,

hay una barrera de madera.

Y si salto
por encima de la barrera de madera
y ando por el barro,

entro en un bosque
lleno de suaves sombras.

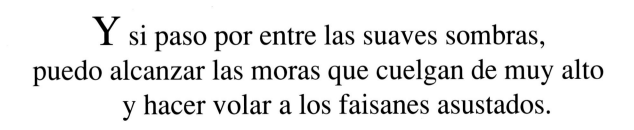

Y si paso por entre las suaves sombras,
puedo alcanzar las moras que cuelgan de muy alto
y hacer volar a los faisanes asustados.

Y después,
llego a una pradera soleada.

Y si atravieso esa pradera soleada
donde las avefrías hacen cabriolas
en el cielo para jugar,
donde el riachuelo desaparece cantando,

entonces, llego al lugar
donde se encuentra la torre de Zoe.

Y si subo
un escalón
tras otro
dejando atrás
la araña
que se esconde,
la rendija
por donde el viento
silba,
el nido abandonado,

me encuentro bajo el cielo
donde los cuervos dan vueltas
volando felices.

Y si me alzo
sobre la punta de los pies,

puedo ver
  todo el camino por el que he venido...

… y más lejos aún.

Y si presto atención,
escucho en el viento
que alguien me llama.

Entonces,
ya sé

que es la hora de volver...

… a casa.